ODES
DE J.-B. ROUSSEAU,
ET
HYMNES
DE J. RACINE.

C.

PARIS,
A LA LIBRAIRIE SACRÉE,
CHEZ CASTELLAN, RUE DE L'UNIVERSITÉ, N° 20.

1822.

ODES

DE

J.-B. ROUSSEAU.

DE L'IMPRIMERIE DE GUIRAUDET,
RUE SAINT-HONORÉ, N° 315, VIS-A-VIS SAINT-ROCH.

ODES

DE J.-B. ROUSSEAU,

ET

HYMNES

DE J. RACINE.

PARIS,

A LA LIBRAIRIE SACRÉE,

CHEZ CASTELLAN, RUE DE L'UNIVERSITÉ, N° 20.

1822.

PRÉFACE.

Loin de me piquer de ne devoir rien qu'à moi-même, j'ai toujours cru, avec Longin, que l'un des plus sûrs chemins pour arriver au sublime étoit l'imitation des écrivains illustres qui ont vécu avant nous, puisqu'en effet rien n'est si propre à nous élever l'âme et à la remplir de cette chaleur qui produit les grandes choses, que l'admiration dont nous nous sentons saisis à la vue des ouvrages de ces grands hommes. C'est pourquoi, si je n'ai pas réussi dans les odes que j'ai tirées de David, je ne dois en accuser que la foiblesse de mon génie; car je suis obligé d'avouer que si j'ai jamais senti ce que c'est qu'enthousiasme, ç'a été principalement en travaillant à ces mêmes cantiques que je donne ici à la tête de mes ouvrages.

Je leur ai donné le titre d'odes, à l'exemple de Racan, celui de traduction ne me paroissant pas convenir à une imitation aussi libre que la mienne, qui, d'un autre côté, ne s'écarte pas assez de son original pour mériter le nom de paraphrase. Et d'ailleurs, si on a de l'ode l'idée qu'on en doit avoir, et si on l'a considère, non pas comme un assemblage de jolies pensées rédigées par chapitres, mais comme le véritable champ du sublime et du pathétique, qui sont les deux grands ressorts de la poésie, il faut convenir que nul ouvrage ne mérite si bien le nom d'odes que les psaumes de David; car où peut-on trouver ailleurs rien de plus divin, ni où l'inspiration se fasse mieux sentir, rien, dis-je, de plus propre à enlever l'esprit, et en même temps à remuer le cœur? Quelle abondance d'images, quelle variété de figures! quelle hauteur d'expression! quelle foule de grandes choses, dites, s'il se peut, d'une manière encore plus grande! Ce n'est donc pas sans raison que tous les hommes ont admiré ces précieux restes de l'antiquité profane où on entrevoit quelques traits de cette lumière et de cette majesté qui éclatent dans les cantiques sacrés; et quelques beaux raisonnemens qu'on puisse étaler, on ne détruira pas cette admiration tant qu'on n'aura à leur opposer que des amplifications de collége, jetées toutes, pour ainsi dire, dans le même moule, et où tout se ressemble, parce que tout y est dit du même ton et exprimé de la même manière; semblables à ces figures qui ont un nom particulier parmi les peintres, et qui, n'étant touchées qu'avec une seule couleur, ne peuvent jamais avoir une véritable beauté, parce que l'âme de la peinture leur manque, je veux dire le coloris.

ODES
DE J.-B. ROUSSEAU.

ODE PREMIÈRE,
TIRÉE DU PSAUME XIV.
Caractère de l'homme juste.

Seigneur, dans ta gloire adorable
Quel mortel est digne d'entrer?
Qui pourra, grand Dieu, pénétrer
Ce sanctuaire impénétrable
Où tes saints inclinés, d'un œil respectueux,
Contemplent de ton front l'éclat majestueux?

Ce sera celui qui du vice
Evite le sentier impur;
Qui marche d'un pas ferme et sûr
Dans le chemin de la justice;
Attentif et fidèle à distinguer sa voix,
Intrépide et sévère à maintenir ses lois.

Ce sera celui dont la bouche
Rend hommage à la vérité;
Qui, sous un air d'humanité,
Ne cache point un cœur farouche,
Et qui, par des discours faux et calomnieux,
Jamais à la vertu n'a fait baisser les yeux;

Celui devant qui le superbe,
Enflé d'une vaine splendeur,
Paroît plus bas, dans sa grandeur,
Que l'insecte caché sous l'herbe;
Qui, bravant du méchant le faste couronné,
Honore la vertu du juste infortuné;

Celui, dis-je, dont les promesses
Sont un gage toujours certain;
Celui qui d'un infâme gain
Ne sait point grossir ses richesses;
Celui qui sur les dons du coupable puissant,
N'a jamais décidé du sort de l'innocent.

Qui marchera dans cette voie,
Comblé d'un éternel bonheur,
Un jour, des élus du Seigneur
Partagera la sainte joie;
Et les frémissemens de l'enfer irrité
Ne pourront faire obstacle à sa félicité.

ODE II,

TIRÉE DU PSAUME XVIII.

Mouvement d'une âme qui s'élève à la connoissance de Dieu par la contemplation de ses ouvrages.

Les cieux instruisent la terre
A révérer leur auteur :

Tout ce que leur globe enserre
Célèbre un Dieu créateur.
Quel plus sublime cantique
Que ce concert magnifique
De tous les célestes corps?
Quelle grandeur infinie!
Quelle divine harmonie
Résulte de leurs accords!

De sa puissance immortelle
Tout parle, tout nous instruit;
Le jour au jour la révèle,
La nuit l'annonce à la nuit.
Ce grand et superbe ouvrage
N'est point pour l'homme un langage
Obscur et mystérieux:
Son admirable structure
Est la voix de la nature,
Qui se fait entendre aux yeux.

Dans une éclatante voûte
Il a placé de ses mains
Ce soleil qui dans sa route
Eclaire tous les humains.
Environné de lumiere,
Cet astre ouvre sa carrière
Comme un époux glorieux
Qui dès l'aube matinale
De sa couche nuptiale
Sort brillant et radieux.

L'univers, à sa présence,
Semble sortir du néant.
Il prend sa course, il s'avance
Comme un superbe géant.
Bientôt sa marche féconde
Embrasse le tour du monde
Dans le cercle qu'il décrit;
Et, par sa chaleur puissante,
La nature languissante
Se ranime et se nourrit.

O que tes œuvres sont belles,
Grand Dieu! quels sont tes bienfaits!
Que ceux qui te sont fidèles
Sous ton joug trouvent d'attraits!
Ta crainte inspire la joie;
Elle assure notre voie;
Elle nous rend triomphans;
Elle éclaire la jeunesse,
Et fait briller la sagesse
Dans les plus foibles enfans.

Soutiens ma foi chancelante,
Dieu puissant; inspire-moi
Cette crainte vigilante
Qui fait pratiquer ta loi.
Loi sainte, loi désirable,
Ta richesse est préférable
A la richesse de l'or;
Et ta douceur est pareille

Au miel dont la jeune abeille
Compose son cher trésor.

Mais, sans tes clartés sacrées,
Qui peut connoître, Seigneur,
Les foiblesses égarées
Dans les replis de son cœur?
Prête-moi tes feux propices;
Viens m'aider à fuir les vices
Qui s'attachent à mes pas:
Viens consumer par ta flamme
Ceux que je vois dans mon âme,
Et ceux que je n'y vois pas.

Si de leur triste esclavage
Tu viens dégager mes sens,
Si tu détruis leur ouvrage,
Mes jours seront innocens.
J'irai puiser sur ta trace
Dans les sources de ta grâce;
Et, de ses eaux abreuvé,
Ma gloire fera connoître
Que le Dieu qui m'a fait naître
Est le Dieu qui m'a sauvé.

ODE III,

TIRÉE DU PSAUME XLVIII.

Sur l'aveuglement des hommes du siècle.

Qu'aux accens de ma voix la terre se réveille.
Rois, soyez attentifs; peuples, ouvrez l'oreille.
Que l'univers se taise, et m'écoute parler.
Mes chants vont seconder les accords de ma lyre:
L'esprit saint me pénètre; il m'échauffe, et m'inspire
Les grandes vérités que je vais révéler.

L'homme en sa propre force a mis sa confiance;
Ivre de ses grandeurs et de son opulence,
L'éclat de sa fortune enfle sa vanité.
Mais, ô moment terrible, ô jour épouvantable,
Où la mort saisira ce fortuné coupable,
Tout chargé des liens de son iniquité!

Que deviendront alors, répondez, grands du monde,
Que deviendront ces biens où votre espoir se fonde,
Et dont vous étalez l'orgueilleuse moisson?
Sujets, amis, parens, tout deviendra stérile;
Et, dans ce jour fatal, l'homme à l'homme inutile
Ne paiera point à Dieu le prix de sa rançon.

Vous avez vu tomber les plus illustres têtes;
Et vous pourriez encore, insensés que vous êtes,

Ignorer le tribut que l'on doit à la mort ?
Non, non, tout doit franchir ce terrible passage :
Le riche et l'indigent, l'imprudent et le sage,
Sujets à même loi, subissent même sort.

D'avides étrangers, transportés d'allégresse,
Engloutissent déjà toute cette richesse,
Ces terres, ces palais de vos noms ennoblis.
Et que vous reste-t-il en ces momens suprêmes ?
Un sépulcre funèbre, où vos noms, où vous-mêmes
Dans l'éternelle nuit serez ensevelis.

Les hommes, éblouis de leurs honneurs frivoles,
Et de leurs vains flatteurs écoutant les paroles,
Ont de ces vérités perdu le souvenir :
Pareils aux animaux farouches et stupides,
Les lois de leur instinct sont leurs uniques guides,
Et pour eux le présent paroit sans avenir.

Un précipice affreux devant eux se présente ;
Mais toujours leur raison, soumise et complaisante,
Au-devant de leurs yeux met un voile imposteur.
Sous leurs pas cependant s'ouvrent les noirs abîmes,
Où la cruelle mort, les prenant pour victimes,
Frappe ces vils troupeaux, dont elle est le pasteur.

Là s'anéantiront ces titres magnifiques,
Ce pouvoir usurpé, ces ressorts politiques,
Dont le juste autrefois sentit le poids fatal.
Ce qui fit leur bonheur deviendra leur torture ;
Et Dieu, de sa justice apaisant le murmure,
Livrera ces méchans au pouvoir infernal.

Justes, ne craignez point le vain pouvoir des hommes ;
Quelque élevés qu'ils soient, ils sont ce que nous
sommes :
Si vous êtes mortels, ils le sont comme vous.
Nous avons beau vanter nos grandeurs passagères,
Il faut mêler sa cendre aux cendres de ses pères ;
Et c'est le même Dieu qui nous jugera tous.

ODE IV.

TIRÉE DU PSAUME XLIX.

Sur les dispositions que l'homme doit apporter à la prière.

Le roi des cieux et de la terre
Descend au milieu des éclairs ;
Sa voix, comme un bruyant tonnerre,
S'est fait entendre dans les airs.
Dieux mortels, c'est vous qu'il appelle.
Il tient la balance éternelle
Qui doit peser tous les humains ;
Dans ses yeux sa flamme étincelle,
Et le glaive brille en ses mains.

Ministres de ses lois augustes,
Esprits divins qui le servez,
Assemblez la troupe des justes
Que les œuvres ont éprouvés
Et de ces serviteurs utiles

Séparez les âmes serviles
Dont le zèle, oisif en sa foi,
Par des holocaustes stériles
A cru satisfaire à la loi.

Allez, saintes intelligences,
Exécuter ses volontés :
Tandis qu'à servir ses vengeances
Les cieux et la terre invités,
Par des prodiges innombrables
Apprendront à ces misérables
Que le jour fatal est venu
Qui fera connoître aux coupables
Le juge qu'ils ont méconnu.

Ecoutez ce juge sévère,
Hommes charnels, écoutez tous :
Quand je viendrai dans ma colère
Lancer mes jugemens sur vous,
Vous m'alléguerez les victimes
Que sur mes autels légitimes
Chaque jour vous sacrifiez ;
Mais ne pensez pas que vos crimes
Par-là puissent être expiés.

Que m'importent vos sacrifices,
Vos offrandes et vos troupeaux ?
Dieu boit-il le sang des génisses ?
Mange-t-il la chair des taureaux ?
Ignorez-vous que son empire
Embrasse tout ce qui respire

Et sur la terre et dans les mers,
Et que son souffle seul inspire
L'âme à tout ce vaste univers?

Offrez, à l'exemple des anges,
A ce Dieu votre unique appui
Un sacrifice de louanges,
Le seul qui soit digne de lui.
Chantez, d'une voix ferme et sûre,
De cet auteur de la nature
Les bienfaits toujours renaissans:
Mais sachez qu'une main impure
Peut souiller le plus pur encens.

Il a dit à l'homme profane:
Oses-tu, pécheur criminel,
D'un Dieu dont la loi te condamne
Chanter le pouvoir éternel;
Toi qui, courant à ta ruine,
Fus toujours sourd à ma doctrine,
Et, malgré mes secours puissans,
Rejetant toute discipline,
N'as pris conseil que de tes sens?

Si tu voyois un adultère,
C'étoit lui que tu consultois;
Tu respirois le caractère
Du voleur que tu fréquentois.
Ta bouche abondoit en malice;
Et ton cœur, pétri d'artifice,
Contre ton frère encouragé,

S'applaudissoit du précipice
Où la fraude l'avoit plongé.

Contre une impiété si noire
Mes foudres furent sans emploi;
Et voilà ce qui t'a fait croire
Que ton Dieu pensoit comme toi.
Mais apprends, homme détestable,
Que ma justice formidable
Ne se laisse point prévenir,
Et n'en est pas moins redoutable
Pour être tardive à punir.

Pensez-y donc, âmes grossières;
Commencez par régler vos mœurs:
Moins de fastes dans vos prières,
Plus d'innocence dans vos cœurs.
Sans une âme légitimée
Par la pratique confirmée
De mes préceptes immortels,
Votre encens n'est qu'une fumée
Qui déshonore mes autels.

ODE V,

TIRÉE DU PSAUME LVII.

Contre les hypocrites.

Si la loi du Seigneur vous touche,
Si le mensonge vous fait peur,

Si la justice en votre cœur
Règne aussi-bien qu'en votre bouche;
Parlez, fils des hommes, pourquoi
Faut-il qu'une haine farouche
Préside aux jugemens que vous lancez sur moi?

C'est vous de qui les mains impures
Trament le tissu détesté
Qui fait trébucher l'équité
Dans le piége des impostures;
Lâches, aux cabales vendus,
Artisans de fourbes obscures,
Habiles seulement à noircir les vertus.

L'hypocrite, en fraudes fertile,
Dès l'enfance est pétri de fard:
Il sait colorer avec art
Le fiel que sa bouche distille;
Et la morsure du serpent
Est moins aiguë et moins subtile
Que le venin caché que sa langue répand.

En vain le sage les conseille,
Ils sont inflexibles et sourds;
Leur cœur s'assoupit aux discours
De l'équité qui les réveille;
Plus insensibles et plus froids
Que l'aspic, qui ferme l'oreille
Aux sons mélodieux d'une touchante voix.

Mais de ces langues diffamantes
Dieu saura venger l'innocent.

Je le verrai, ce Dieu puissant,
Foudroyer leurs têtes fumantes.
Il vaincra ces lions ardens,
Et dans leurs gueules écumantes
Il plongera sa main, et brisera leurs dents.

Ainsi que la vague rapide
D'un torrent qui roule à grand bruit
Se dissipe et s'évanouit
Dans le sein de la terre humide;
Ou comme l'airain enflammé
Fait fondre la cire fluide
Qui bouillonne à l'aspect du brasier allumé:

Ainsi leurs grandeurs éclipsées
S'anéantiront à nos yeux;
Ainsi la justice des cieux
Confondra leurs lâches pensées.
Leurs dards deviendront impuissans,
Et de leurs pointes émoussées
Ne pénétreront plus le sein des innocens.

Avant que leurs tiges célèbres
Puissent pousser des rejetons,
Eux-mêmes, tristes avortons,
Seront cachés dans les ténèbres;
Et leur sort deviendra pareil
Au sort de ces oiseaux funèbres
Qui n'osent soutenir les regards du soleil.

C'est alors que de leur disgrâce
Les justes riront à leur tour;

C'est alors que viendra le jour
De punir leur superbe audace;
Et que, sans paroître inhumains,
Nous pourrons extirper leur race,
Et laver dans leur sang nos innocentes mains.

Ceux qui verront cette vengeance
Pourront dire avec vérité
Que l'injustice et l'équité
Tour à tour ont leur récompense;
Et qu'il est un Dieu dans les cieux,
Dont le bras soutient l'innocence,
Et confond des méchans l'orgueil ambitieux.

ODE VI,

TIRÉE DU PSAUME LXXI.

Idée de la véritable grandeur des rois.

O Dieu, qui, par un choix propice,
Daignâtes élire entre tous
Un homme qui fût parmi nous
L'oracle de votre justice,
Inspirez à ce jeune roi,
Avec l'amour de votre loi
Et l'horreur de la violence,
Cette clairvoyante équité
Qui de la fausse vraisemblance
Sait discerner la vérité.

Que par des jugemens sévères
Sa voix assure l'innocent;
Que de son peuple gémissant
Sa main soulage les misères;
Que jamais le mensonge obscur
Des pas de l'homme libre et pur
N'ose à ses yeux souiller la trace;
Et que le vice fastueux
Ne soit point assis à la place
Du mérite humble et vertueux.

Ainsi du plus haut des montagnes
La paix et tous les dons des cieux,
Comme un fleuve délicieux,
Viendront arroser nos campagnes.
Son règne à ses peuples chéris
Sera ce qu'aux champs défleuris
Est l'eau que le ciel leur envoie;
Et, tant que luira le soleil,
L'homme, plein d'une sainte joie,
Le bénira dès son réveil.

Son trône deviendra l'asile
De l'orphelin persécuté;
Son équitable austérité
Soutiendra le foible pupille.
Le pauvre, sous ce défenseur,
Ne craindra plus que l'oppresseur
Lui ravisse son héritage;
Et le champ qu'il aura semé

Ne deviendra plus le partage
De l'usurpateur affamé.

Ses dons, versés avec justice,
Du pâle calomniateur
Ni du servile adulateur
Ne nourriront point l'avarice;
Pour eux son front sera glacé.
Le zèle désintéressé,
Seul digne de sa confidence,
Fera renaître pour jamais
Les délices et l'abondance,
Inséparables de la paix.

Alors sa juste renommée,
Répandue au delà des mers,
Jusqu'aux deux bouts de l'univers
Avec éclat sera semée;
Ses ennemis humiliés
Mettront leur orgueil à ses piés;
Et des plus éloignés rivages
Les rois, frappés de sa grandeur,
Viendront par de riches hommages
Briguer sa puissante faveur.

Ils diront : Voilà le modèle
Que doivent suivre tous les rois;
C'est de la sainteté des lois
Le protecteur le plus fidèle;
L'ambitieux immodéré,
Et des eaux du siècle enivré,

N'ose paroître en sa présence ;
Mais l'humble ressent son appui,
Et les larmes de l'innocence
Sont précieuses devant lui.

De ses triomphantes années
Le temps respectera le cours ;
Et d'un long ordre d'heureux jours
Ses vertus seront couronnées.
Ses vaisseaux, par les vents poussés,
Vogueront des climats glacés
Aux bords de l'ardente Libye ;
La mer enrichira ses ports,
Et pour lui l'heureuse Arabie
Épuisera tous ses trésors.

Tel qu'on voit la tête chenue
D'un chêne, autrefois arbrisseau,
Égaler le plus haut rameau
Du cèdre caché dans la nue :
Tel, croissant toujours en grandeur,
Il égalera la splendeur
Du potentat le plus superbe ;
Et ses redoutables sujets
Se multiplîront comme l'herbe
Autour des humides marais.

Qu'il vive, et que dans leur mémoire
Les rois lui dressent des autels :
Que les cœurs de tous les mortels
Soient les monumens de sa gloire !

Et vous, ô maître des humains,
Qui de vos bienfaisantes mains
Formez les monarques célèbres,
Montrez-vous à tout l'univers,
Et daignez chasser les ténèbres
Dont nos foibles yeux sont couverts.

ODE VII,

TIRÉE DU PSAUME LXXII.

Inquiétudes de l'âme sur les voies de la Providence.

Que la simplicité d'une vertu paisible
Est sûre d'être heureuse en suivant le Seigneur!
Dessillez-vous, mes yeux; console-toi, mon cœur:
Les voiles sont levés; sa conduite est visible
Sur le juste et sur le pécheur.

Pardonne, Dieu puissant, pardonne à ma foiblesse.
A l'aspect des méchans, confus, épouvanté,
Le trouble m'a saisi, mes pas ont hésité;
Mon zèle m'a trahi, Seigneur, je le confesse,
En voyant leur prospérité.

Cette mer d'abondance où leur âme se noie
Ne craint ni les écueils ni les vents rigoureux;
Ils ne partagent point nos fléaux douloureux;
Ils marchent sur les fleurs, ils nagent dans la joie;
Le sort n'ose changer pour eux.

Voilà donc d'où leur vient cette audace intrépide
Qui n'a jamais connu craintes ni repentirs!
Enveloppés d'orgueil, engraissés de plaisirs,
Enivrés de bonheur, ils ne prennent pour guides
Que leurs plus insensés désirs.

Leur bouche ne vomit qu'injures, que blasphèmes,
Et leur cœur ne nourrit que pensers vicieux;
Ils affrontent la terre, ils attaquent les cieux,
Et n'élèvent leurs voix que pour vanter eux-mêmes
Leurs forfaits les plus odieux.

De là, je l'avoûrai, naissoit ma défiance.
Si sur tous les mortels Dieu tient les yeux ouverts,
Comment, sans les punir, voit-il ces cœurs pervers?
Et, s'il ne les voit point, comment peut sa science
Embrasser tout cet univers?

Tandis qu'un peuple entier les suit et les adore,
Prêt à sacrifier ses jours mêmes aux leurs,
Accablé de mépris, consumé de douleurs,
Je n'ouvre plus mes yeux aux rayons de l'aurore
Que pour faire place à mes pleurs.

Ah! c'est donc vainement qu'à ces âmes parjures
J'ai toujours refusé l'encens que je te doi!
C'est donc en vain, Seigneur, que, m'attachant à toi,
Je n'ai jamais lavé mes mains simples et pures
Qu'avec ceux qui suivent ta loi!

C'étoit en ces discours que s'exhaloit ma plainte:
Mais, ô coupable erreur! ô transports indiscrets!

Quand je parlois ainsi, j'ignorois tes secrets;
J'offensois tes élus, et je portois atteinte
A l'équité de tes décrets.

Je croyois pénétrer tes jugemens augustes;
Mais, grand Dieu, mes efforts ont toujours été vains,
Jusqu'à ce qu'éclairé du flambeau de tes saints,
J'ai reconnu la fin qu'à ces hommes injustes
Réservent tes puissantes mains.

J'ai vu que leurs honneurs, leur gloire, leur richesse,
Ne sont que des filets tendus à leur orgueil;
Que le port n'est pour eux qu'un véritable écueil,
Et que ces lits pompeux où s'endort leur molesse
Ne couvrent qu'un affreux cercueil.

Comment tant de grandeur s'est-elle évanouie?
Qu'est devenu l'éclat de ce vaste appareil?
Quoi! leur clarté s'éteint aux clartés du soleil!
Dans un sommeil profond ils ont passé leur vie,
Et la mort a fait leur réveil.

Insensé que j'étois de ne pas voir leur chute
Dans l'abus criminel de tes dons tout-puissans!
De ma foible raison j'écoutois les accens;
Et ma raison n'étoit que l'instinct d'une brute
Qui ne juge que par les sens.

Cependant, ô mon Dieu! soutenu de ta grâce,
Conduit par ta lumière, appuyé sur ton bras,
J'ai conservé ma foi dans ces rudes combats.
Mes pieds ont chancelé; mais enfin de ta trace
Je n'ai point écarté mes pas.

Puis-je assez exalter l'adorable clémence
Du Dieu qui m'a sauvé d'un si mortel danger?
Sa main contre moi-même a su me protéger,
Et son divin amour m'offre un bonheur immense
Pour un mal foible et passager.

Que me reste-t-il donc à chérir sur la terre?
Et qu'ai-je à desirer au céleste séjour?
La nuit qui me couvroit cède aux clartés du jour;
Mon esprit ni mes sens ne me font plus la guerre;
Tout est absorbé par l'amour.

Car enfin, je le vois, le bras de sa justice
Quoique lent à frapper, se tient toujours levé
Sur ces hommes charnels dont l'esprit dépravé
Ose à de faux objets offrir le sacrifice
D'un cœur pour lui seul réservé.

Laissons-les s'abîmer sous leurs propres ruines.
Ne plaçons qu'en Dieu seul nos vœux et notre espoir;
Faisons-nous de l'aimer un éternel devoir;
Et publions partout les merveilles divines
De son infaillible pouvoir.

ODE VIII,

TIRÉE DU PSAUME LXXV,

ET APPLIQUÉE A LA DERNIÈRE GUERRE DES TURCS.

Quelle est la véritable reconnoissance que Dieu exige des hommes.

Le Seigneur est connu dans nos climats paisibles;
Il habite avec nous, et ses secours visibles
Ont de son peuple heureux prévenu les souhaits.
Ce Dieu, de ces faveurs nous comblant à toute heure,
A fait de sa demeure
La demeure de paix.

Du haut de la montagne où sa grandeur réside,
Il a brisé la lance et l'épée homicide
Sur qui l'impiété fondoit son ferme appui.
Le sang des étrangers a fait fumer la terre,
Et le feu de la guerre
S'est éteint devant lui.

Une affreuse clarté dans les airs répandue
A jeté la frayeur dans leur troupe éperdue;
Par l'effroi de la mort ils se sont dissipés;
Et l'éclat foudroyant des lumières célestes
A dispersé leurs restes
Aux glaives échappés.

Insensés, qui, remplis d'une vapeur légère,
Ne prenez pour conseil qu'une ombre mensongère
Qui vous peint des trésors chimériques et vains,
Le réveil suit de près vos trompeuses ivresses,
Et toutes vos richesses
S'écoulent de vos mains.

L'ambition guidoit vos escadrons rapides;
Vous dévoriez déjà, dans vos courses avides,
Toutes les régions qu'éclaire le soleil.
Mais le Seigneur se lève; il parle, et sa menace
Convertit votre audace
En un morne sommeil.

O Dieu, que ton pouvoir est grand et redoutable!
Qui pourra se cacher au trait inévitable
Dont tu poursuis l'impie au jour de ta fureur?
A punir les méchans ta colère fidèle
Fait marcher devant elle
La mort et la terreur.

Contre ces inhumains tes jugemens augustes
S'élèvent pour sauver les humbles et les justes
Dont le cœur devant toi s'abaisse avec respect.
Ta justice paroît, de feux étincelante;
Et la terre tremblante
S'arrête à ton aspect.

Mais ceux pour qui ton bras opère ce[s mi]racles
N'en cueilleront le fruit qu'en suivant tes oracles,
En bénissant ton nom, en pratiquant ta loi.

Quel encens est plus pur qu'un si saint exercice!
Quel autre sacrifice
Seroit digne de toi!

Ce sont là les présens, grand Dieu, que tu demandes.
Peuples, ce ne sont point vos pompeuses offrandes
Qui le peuvent payer de ses dons immortels:
C'est par une humble foi, c'est par un amour tendre,
Que l'homme peut prétendre
D'honorer ses autels.

Venez donc adorer le Dieu saint et terrible
Qui vous a délivrés par sa force invincible
Du joug que vous avez redouté tant de fois,
Qui d'un souffle détruit l'orgueilleuse licence,
Relève l'innocence,
Et terrasse les rois.

ODE IX,

TIRÉE DU PSAUME XC.

Que rien ne peut troubler la tranquillité de ceux qui s'assurent en Dieu.

Celui qui mettra sa vie
Sous la garde du Très-Haut
Repoussera de l'envie
Le plus dangereux assaut.
Il dira : Dieu redoutable,
C'est dans ta force indomptable

Que mon espoir est remis;
Mes jours sont ta propre cause,
Et c'est toi seul que j'oppose
A mes jaloux ennemis.

Pour moi, dans ce seul asile,
Par ses secours tout-puissans,
Je brave l'orgueil stérile
De mes rivaux frémissans.
En vain leur fureur m'assiége;
Sa justice rompt le piége
De ces chasseurs obstinés;
Elle confond leur adresse,
Et garantit ma foiblesse
De leurs dards empoisonnés.

O toi que ces cœurs féroces
Comblent de crainte et d'ennui,
Contre leurs complots atroces
Ne cherche point d'autre appui.
Que sa vérité propice
Soit contre leur artifice
Ton plus invincible mur;
Que son aile tutélaire
Contre leur âpre colère
Soit ton rempart le plus sûr.

Ainsi, méprisant l'atteinte
De leurs traits les plus perçans,
Du froid poison de la crainte
Tu verras tes jours exempts,

Soit que le jour sur la terre
Vienne éclairer de la guerre
Les implacables fureurs,
Ou soit que la nuit obscure
Répande dans la nature
Ses ténébreuses horreurs.

Quels effroyables abîmes
S'entr'ouvrent autour de moi!
Quel déluge de victimes
S'offre à mes yeux pleins d'effroi!
Quelle épouvantable image
De morts, de sang, de carnage,
Frappe mes regards tremblans!
Et quels glaives invisibles
Percent de coups si terribles
Ces corps pâles et sanglans?

Mon cœur, sois en assurance,
Dieu se souvient de ta foi;
Les fléaux de sa vengeance
N'approcheront point de toi.
Le juste est invulnérable;
De son bonheur immuable
Les anges sont les garans;
Et toujours leurs mains propices
A travers les précipices
Conduisent ses pas errans.

Dans les routes ambiguës
Du bois le moins fréquenté,

Parmi les ronces aiguës
Il chemine en liberté;
Nul obstacle ne l'arrête;
Ses pieds écrasent la tête
Du dragon et de l'aspic;
Il affronte avec courage
La dent du lion sauvage
Et les yeux du basilic.

Si quelques vaines foiblesses
Troublent ses jours triomphans,
Il se souvient des promesses
Que Dieu fait à ses enfans.
A celui qui m'est fidèle,
Dit la sagesse éternelle,
J'assurerai mes secours;
Je raffermirai sa voie,
Et dans des torrens de joie
Je ferai couler ses jours.

Dans ses fortunes diverses
Je viendrai toujours à lui;
Je serai dans ses traverses
Son inséparable appui;
Je le comblerai d'années
Paisibles et fortunées;
Je bénirai ses desseins;
Il vivra dans ma mémoire,
Et partagera la gloire
Que je réserve à mes saints.

ODE X,

TIRÉE DU PSAUME XCII.

Que la justice divine est présente à toutes nos actions.

PAROISSEZ, roi des rois; venez, juge suprême,
Faites éclater votre courroux
Contre l'orgueil et le blasphème
De l'impie armé contre vous.
Le Dieu de l'univers est le Dieu des vengeances;
Le pouvoir et le droit de punir les offenses
N'appartient qu'à ce Dieu jaloux.

Jusques à quand, Seigneur, souffrirez-vous l'ivresse
De ces superbes criminels
De qui la malice transgresse
Vos ordres les plus solennels,
Et dont l'impiété barbare et tyrannique
Au crime ajoute encor le mépris ironique
De vos préceptes éternels?

Ils ont sur votre peuple exercé leur furie;
Ils n'ont pensé qu'à l'affliger;
Ils ont semé dans leur patrie
L'horreur, le trouble et le danger;
Ils ont de l'orphelin envahi l'héritage;
Et leur main sanguinaire a déployé sa rage
Sur la veuve et sur l'étranger.

Ne songeons, ont-ils dit, quelque prix qu'il en coûte,
Qu'à nous ménager d'heureux jours.
Du haut de la céleste voûte
Dieu n'entendra pas nos discours;
Nos offenses par lui ne seront point punies;
Il ne les verra point, et de nos tyrannies
Il n'arrêtera pas le cours.

Quel charme vous séduit, quel démon vous conseille,
Hommes imbécilles et fous?
Celui qui forma votre oreille
Sera sans oreilles pour vous!
Celui qui fit vos yeux ne verra point vos crimes!
Et celui qui punit les rois les plus sublimes
Pour vous seuls retiendra ses coups!

Il voit, n'en doutez plus, il entend toute chose;
Il lit jusqu'au fond de vos cœurs.
L'artifice en vain se propose
D'éluder ses arrêts vengeurs:
Rien n'échappe aux regards de ce juge sévère;
Le repentir lui seul peut calmer sa colère,
Et fléchir ses justes rigueurs.

Ouvrez, ouvrez les yeux, et laissez-vous conduire
Aux divins rayons de sa foi.
Heureux celui qu'il daigne instruire
Dans la science de sa loi!
C'est l'asile du juste; et la simple innocence
Y trouve son repos, tandis que la licence
N'y trouve qu'un sujet d'effroi.

Qui me garantira des assauts de l'envie ?
Sa fureur n'a pu s'attendrir.
Si vous n'aviez sauvé ma vie,
Grand Dieu, j'étois près de périr.
Je vous ai dit : Seigneur, ma mort est infaillible;
Je succombe. Aussitôt votre bras invincible
S'est armé pour me secourir.

Non, non, c'est vainement qu'une main sacrilége
Contre moi décoche ses traits.
Votre trône n'est point un siége
Souillé par d'injustes décrets;
Vous ne ressemblez point à ces rois implacables
Qui ne font exercer leurs lois impraticables
Que pour accabler leurs sujets.

Toujours à vos élus l'envieuse malice
Tendra ses filets captieux.
Mais toujours votre loi propice
Confondra les audacieux.
Vous anéantirez ceux qui nous font la guerre;
Et si l'impiété nous juge sur la terre,
Vous la jugerez dans les cieux.

ODE XI,

TIRÉE DU PSAUME XCVI,

ET APPLIQUÉE AU JUGEMENT DERNIER.

Misère des réprouvés. Félicité des élus.

PEUPLES, élevez vos concerts;
Poussez des cris de joie et des chants de victoire:
Voici le roi de l'univers
Qui vient faire éclater son triomphe et sa gloire.

La justice et la vérité
Servent de fondemens à son trône terrible;
Une profonde obscurité
Aux regards des humains le rend inaccessible.

Les éclairs, les feux dévorans,
Font luire devant lui leur flamme étincelante;
Et ses ennemis expirans
Tombent de toutes parts sous sa foudre brûlante.

Pleine d'horreur et de respect,
La terre a tressailli sur ses voûtes brisées;
Les monts, fondus à son aspect,
S'écoulent dans le sein des ondes embrasées.

De ses jugemens redoutés
La trompette céleste a porté le message;

4

Et dans les airs épouvantés
En ces terribles mots sa voix s'ouvre un passage :

Soyez à jamais confondus,
Adorateurs impurs de profanes idoles,
Vous qui, par des vœux défendus,
Invoquez de vos mains les ouvrages frivoles.

Ministres de mes volontés,
Anges, servez contre eux ma fureur vengeresse.
Vous, mortels que j'ai rachetés,
Redoublez à ma voix vos concerts d'allégresse.

C'est moi qui, du plus haut des cieux,
Du monde que j'ai fait règle le destinées;
C'est moi qui brise ses faux dieux,
Misérables jouets des vents et des années.

Par ma présence raffermis,
Méprisez du méchant la haine et l'artifice :
L'ennemi de vos ennemis
A détourné sur eux les traits de leur malice.

Conduits par mes vives clartés,
Vous n'avez écouté que mes lois adorables :
Jouissez des félicités
Qu'on mérité pour vous mes bontés secourables.

Venez donc, venez en ce jour
Signaler de vos cœurs l'humble reconnoissance;
Et, par un respect plein d'amour,
Sanctifiez en moi votre réjouissance.

ODE XII,

TIRÉE DU PSAUME CXIX.

Contre les calomniateurs.

Dans ces jours destinés aux larmes,
Où mes ennemis en fureur
Aiguisoient contre moi les armes
De l'imposture et de l'erreur,
Lorsqu'une coupable licence
Empoisonnoit mon innocence,
Le Seigneur fut mon seul recours;
J'implorai sa toute-puissance,
Et sa main vint à mon secours.

O Dieu, qui punis les outrages
Que reçoit l'humble vérité,
Venge-toi; détruis les ouvrages
De ces lèvres d'iniquité;
Et confonds cet homme parjure
Dont la bouche non moins impure
Publie avec légèreté
Les mensonges que l'imposture
Invente avec malignité.

Quel rempart, quelle autre barrière
Pourra défendre l'innocent
Contre la fraude meurtrière

De l'impie adroit et puissant?
Sa langue, aux feintes préparée,
Ressemble à la flèche acérée
Qui part et frappe en un moment;
C'est un feu léger dès l'entrée,
Que suit un long embrasement.

Hélas! dans quel climat sauvage
Ai-je si long-temps habité!
Quel exil! quel affreux rivage!
Quels asiles d'impiété!
Cédar, où la fourbe et l'envie
Contre ma vertu poursuivie
Se déchaînèrent si long-temps,
A quels maux ont livré ma vie
Tes sacriléges habitans!

J'ignorois la trame invisible
De leurs pernicieux forfaits;
Je vivois tranquille et paisible
Chez les ennemis de la paix.
Et lorsque exempt d'inquiétude
Je faisois mon unique étude
De ce qui pouvoit les flatter,
Leur détestable ingratitude
S'armoit pour me persécuter.

ODE XIII,

TIRÉE DU PSAUME CXLIII.

Image du bonheur temporel des méchans.

BÉNI soit le Dieu des armées,
Qui donne la force à mon bras,
Et par qui mes mains sont formées
Dans l'art pénible des combats!
De sa clémence inépuisable
Le secours prompt et favorable
A fini mes oppressions;
En lui j'ai trouvé mon asile,
Et par lui d'un peuple indocile
J'ai dissipé les factions.

Qui suis-je, vile créature!
Qui suis-je, Seigneur! et pourquoi
Le souverain de la nature
S'abaisse-t-il jusques à moi?
L'homme en sa course passagère
N'est rien qu'une vapeur légère
Que le soleil fait dissiper;
Sa clarté n'est qu'une nuit sombre,
Et ses jours passent comme une ombre
Que l'œil suit et voit échapper.

Mais quoi! les périls qui m'obsèdent
Ne sont point encore passés!
De nouveaux ennemis succèdent
A mes ennemis terrassés!
Grand Dieu, c'est toi que je réclame:
Lève ton bras, lance ta flamme,
Abaisse la hauteur des cieux;
Et viens, sur leur voûte enflammée,
D'une main de foudres armée
Frapper ces monts audacieux.

Objet de mes humbles cantiques,
Seigneur, je t'adresse ma voix:
Toi dont les promesses antiques
Furent toujours l'espoir des rois;
Toi de qui les secours propices,
A travers tant de précipices,
M'ont toujours garanti d'effroi,
Conserve aujourd'hui ton ouvrage,
Et daigne détourner l'orage
Qui s'apprête à fondre sur moi.

Arrête cet affreux déluge
Dont les flots vont me submerger;
Sois mon vengeur, sois mon refuge
Contre les fils de l'étranger;
Venge-toi d'un peuple infidèle
De qui la bouche criminelle
Ne s'ouvre qu'à l'impiété,
Et dont la main vouée au crime

Ne connoît rien de légitime
Que le meurtre et l'iniquité.

Ces hommes, qui n'ont point encore
Éprouvé la main du Seigneur,
Se flattent que Dieu les ignore,
Et s'enivrent de leur bonheur.
Leur postérité florissante,
Ainsi qu'une tige naissante,
Croît et s'élève sous leurs yeux;
Leurs filles couronnent leurs têtes
De tout ce qu'en nos jours de fêtes
Nous portons de plus précieux.

De leurs grains les granges sont pleines;
Leurs celliers regorgent de fruits;
Leurs troupeaux, tout chargés de laines,
Sont incessamment reproduits;
Pour eux la fertile rosée,
Tombant sur la terre embrasée,
Rafraîchit son sein altéré;
Et pour eux le flambeau du monde
Nourrit d'une chaleur féconde
Le germe en ses flancs resserré.

Le calme règne dans leurs villes;
Nul bruit n'interrompt leur sommeil.
On ne voit point leurs toits fragiles
Ouverts aux rayons du soleil.
C'est ainsi qu'ils passent leur âge.
Heureux, disent-ils, le rivage

Où l'on jouit d'un tel bonheur!
Qu'ils restent dans leur rêverie :
Heureuse la seule patrie
Où l'on adore le Seigneur.

ODE XIV,

TIRÉE DU PSAUME CXLV.

Foiblesse des hommes, Grandeur de Dieu.

Mon âme, louez le Seigneur;
Rendez un légitime honneur
A l'objet éternel de vos justes louanges.
Oui, mon Dieu, je veux désormais
Partager la gloire des anges,
Et consacrer ma vie à chanter vos bienfaits.

Renonçons au stérile appui
Des grands qu'on implore aujourd'hui;
Ne fondons point sur eux une espérance folle.
Leur pompe, indigne de nos vœux,
N'est qu'un simulacre frivole;
Et les solides biens ne dépendent pas d'eux.

Comme nous, esclaves du sort,
Comme nous, jouets de la mort,
La terre engloutira leurs grandeurs insensées:

Et périront en même jour
Ces vastes et hautes pensées
Qu'adorent maintenant ceux qui leur font la cour.

Dieu seul doit faire notre espoir,
Dieu, de qui l'immortel pouvoir
Fit sortir du néant le ciel, la terre et l'onde,
Et qui, tranquille au haut des airs,
Anima d'une voix féconde
Tous les êtres semés dans ce vaste univers.

Heureux qui du ciel occupé,
Et d'un faux éclat détrompé,
Met de bonne heure en lui toute son espérance!
Il protége la vérité,
Et saura prendre la défense
Du juste que l'impie aura persécuté.

C'est le Seigneur qui nous nourrit;
C'est le Seigneur qui nous guérit,
Il prévient nos besoins, il adoucit nos gênes;
Il assure nos pas craintifs;
Il délie, il brise nos chaînes;
Et nos tyrans par lui deviennent nos captifs.

Il offre au timide étranger
Un bras prompt à le protéger,
Et l'orphelin en lui retrouve un second père;
De la veuve il devient l'époux,
Et par un châtiment sévère
Il confond les pécheurs conjurés contre nous.

Les jours des rois sont dans sa main ;
Leur règne est un règne incertain,
Dont le doigt du Seigneur a marqué les limites :
Mais de son règne illimité
Les bornes ne seront prescrites
Ni par la fin des temps, ni par l'éternité.

ODE XV,

TIRÉE DU CANTIQUE D'ÉZÉCHIAS.

(Isaïe, chapitre 38.)

Pour une personne convalescente.

J'AI vu mes tristes journées
Décliner vers leur penchant ;
Au midi de mes années
Je touchois à mon couchant.
La mort déployant ses ailes,
Couvroit d'ombres éternelles
La clarté dont je jouis ;
Et dans cette nuit funeste
Je cherchois en vain le reste
De mes jours évanouis.

Grand Dieu, votre main réclame
Les dons que j'en ai reçus ;
Elle vient couper la trame
Des jours qu'elle m'a tissus.

Mon dernier soleil se lève;
Et votre souffle m'enlève
De la terre des vivans,
Comme la feuille séchée,
Qui, de sa tige arrachée,
Devient le jouet des vents.

Comme un tigre impitoyable,
Le mal a brisé mes os,
Et sa rage insatiable
Ne me laisse aucun repos.
Victime foible et tremblante,
A cette image sanglante
Je soupire nuit et jour;
Et, dans ma crainte mortelle,
Je suis comme l'hirondelle
Sous les griffes du vautour.

Ainsi, de cris et d'alarmes
Mon mal sembloit se nourrir;
Et mes yeux, noyés de larmes,
Étoient lassés de s'ouvrir.
Je disois à la nuit sombre:
O nuit, tu vas dans ton ombre
M'ensevelir pour toujours!
Je redisois à l'aurore:
Le jour que tu fais éclore
Est le dernier de mes jours!

Mon âme est dans les ténèbres,
Mon sang est glacé d'effroi.

Écoutez mes cris funèbres,
Dieu juste, répondez-moi.
Mais enfin sa main propice
A comblé le précipice
Qui s'entr'ouvroit sous mes pas;
Son secours me fortifie,
Et me fait trouver la vie
Dans les horreurs du trépas.

Seigneur, il faut que la terre
Connoisse en moi vos bienfaits;
Vous ne m'avez fait la guerre
Que pour me donner la paix.
Heureux l'homme à qui la grâce
Départ ce don efficace
Puisé dans ses saints trésors,
Et qui, rallumant sa flamme,
Trouve la santé de l'âme
Dans les souffrances du corps!

C'est pour sauver la mémoire
De vos immortels secours,
C'est pour vous, pour votre gloire,
Que vous prolongez nos jours.
Non, non, vos bontés sacrées
Ne seront point célébrées
Dans l'horreur des monumens;
La mort, aveugle et muette,
Ne sera point l'interprète
De vos saints commandemens.

Mais ceux de qui sa menace
Comme moi, sont rachetés
Annonceront à leur race
Vos célestes vérités.
J'irai, seigneur, dans vos temples
Réchauffer par mes exemples
Les mortels les plus glacés,
Et, vous offrant mon hommage,
Leur montrer l'unique usage
Des jours que vous leur laissez.

FIN DES ODES.

HYMNES

TRADUITES

DU BRÉVIAIRE ROMAIN,

PAR J. RACINE.

HYMNES.

LE LUNDI A MATINES.

Somno refectis artubus, etc.

Tandis que le sommeil, réparant la nature,
Tient enchaînés le travail et le bruit,
Nous rompons ses liens, ô clarté toujours pure,
Pour te louer dans la profonde nuit.

Que dès notre réveil notre voix te bénisse;
Qu'à te chercher notre cœur empressé
T'offre ses premiers vœux; et que par toi finisse
Le jour par toi saintement commencé.

L'astre dont la présence écarte la nuit sombre
Viendra bientôt recommencer son tour:
O vous, noirs ennemis qui vous glissez dans l'ombre,
Disparoissez à l'approche du jour.

Nous t'implorons, Seigneur; tes bontés sont nos armes:
De tout péché rends-nous purs à tes yeux;
Fais que, t'ayant chanté dans ce séjour de larmes,
Nous te chantions dans le repos des cieux.

Exauce, Père saint, notre ardente prière,
Verbe son fils, Esprit leur nœud divin,
Dieu qui, tout éclatant de ta propre lumière,
Règnes au ciel sans principe et sans fin.

A LAUDES.

Splendor paternæ gloriæ, etc.

Source ineffable de lumière,
Verbe, en qui l'Éternel contemple sa beauté;
Astre, dont le soleil n'est que l'ombre grossière;
Sacré jour, dont le jour emprunte sa clarté;

Lève-toi, Soleil adorable,
Qui de l'éternité ne fais qu'un heureux jour;
Fais briller à nos yeux ta clarté secourable,
Et répands dans nos cœurs le feu de ton amour.

Prions aussi l'auguste Père,
Le Père dont la gloire a devancé les temps,
Le Père tout-puissant en qui le monde espère,
Qu'il soutienne d'en haut ses fragiles enfans.

Donne-nous un ferme courage,
Brise la noire dent du serpent envieux;
Que le calme, grand Dieu, suive de près l'orage.
Fais-nous faire toujours ce qui plaît à tes yeux.

Guide notre âme dans ta route;
Rends notre corps docile à ta divine loi;

Remplis-nous d'un espoir que n'ébranle aucun doute,
Et que jamais l'erreur n'altère notre foi.

Que Christ soit notre pain céleste;
Que l'eau d'une foi vive abreuve notre cœur;
Ivres de ton esprit, sobres pour tout le reste,
Daigne à tes combattans inspirer ta vigueur.

Que la pudeur chaste et vermeille
Imite sur leur front la rougeur du matin;
Aux clartés du midi que leur foi soit pareille;
Que leur persévérance ignore le déclin.

L'aurore luit sur l'hémisphère:
Que Jésus dans nos cœurs daigne luire aujourd'hui,
Jésus, qui tout entier est dans son divin père,
Comme son divin père est tout entier en lui.

Gloire à toi, Trinité profonde,
Père, Fils, Esprit saint; qu'on t'adore toujours,
Tant que l'astre des temps éclairera le monde,
Et quand les siècles même auront fini leur cours.

LE MARDI A MATINES.

Consors paterni luminis, etc.

VERBE, égal au Très-Haut, notre unique espérance,
Jour éternel de la terre et des cieux,

De la paisible nuit nous rompons le silence :
Divin Sauveur, jette sur nous les yeux.

Répands sur nous le feu de ta grâce puissante ;
Que tout l'enfer fuie au son de ta voix ;
Dissipe ce sommeil d'une âme languissante,
Qui la conduit dans l'oubli de tes lois.

O Christ, sois favorable à ce peuple fidèle,
Pour te bénir maintenant assemblé ;
Reçois les chants qu'il offre à ta gloire immortelle,
Et de tes dons qu'il retourne comblé.

Exauce, Père saint, notre ardente prière, etc.

A LAUDES.

Ales diei nuncius, etc.

L'OISEAU vigilant nous réveille,
Et ses chants redoublés semblent chasser la nuit :
Jésus se fait entendre à l'âme qui sommeille,
Et l'appelle à la vie, où son jour nous conduit.

Quittez, dit-il, la couche oisive
Où vous ensevelit une molle langueur :
Sobres, chastes et purs, l'œil et l'âme attentive,
Veillez : je suis tout proche, et frappe à votre cœur.

Ouvrons donc l'œil à sa lumière ;
Levons vers ce Sauveur et nos mains et nos yeux ;

Pleurons et gémissons : une ardente prière
Écarte le sommeil et pénètre les cieux.

O Christ, ô soleil de justice,
De nos cœurs endurcis romps l'assoupissement ;
Dissipe l'ombre épaisse où les plonge le vice,
Et que ton divin jour y brille à tout moment.

Gloire à toi, Trinité profonde, etc.

LE MERCREDI A MATINES.

Rerum creator optime, etc.

Grand Dieu, par qui de rien toute chose est formée,
Jette les yeux sur nos besoins divers ;
Romps ce fatal sommeil par qui l'âme charmée
Dort en repos sur le bord des enfers.

Daigne, ô divin Sauveur, que notre voix implore,
Prendre pitié des fragiles mortels ;
Et vois comme du lit, sans attendre l'aurore,
Le repentir nous traîne à tes autels.

C'est là que notre troupe affligée, inquiète,
Levant au ciel et le cœur et les mains,
Imite le grand Paul, et suit ce qu'un prophète
Nous a prescrit dans ses cantiques saints.

Nous montrons à tes yeux nos maux et nos alarmes ;
Nous confessons tous nous crimes secrets ;

Nous t'offrons tous nos vœux, nous y mêlons nos larmes:
Que ta bonté révoque tes arrêts.

Exauce, Père saint, notre ardente prière, etc.

A LAUDES.

Nox, et tenebræ, et nubila, etc.

Sombre nuit, aveugles ténèbres,
Fuyez; le jour s'approche, et l'Olympe blanchit.
Et vous, démons, rentrez dans vos prisons funèbres,
De votre empire affreux un Dieu nous affranchit.

Le soleil perce l'ombre obscure;
Et les traits éclatans qu'il lance dans les airs,
Rompant le voile épais qui couvroit la nature,
Redonnent la couleur et l'âme à l'univers.

O Christ, notre unique lumière,
Nous ne reconnoissons que tes saintes clartés;
Notre esprit t'est soumis; entends notre prière,
Et sous ton divin joug range nos volontés.

Souvent notre âme criminelle
Sur sa fausse vertu, téméraire, s'endort.
Hâte-toi d'éclairer, ô lumière éternelle,
Des malheureux assis dans l'ombre de la mort.

Gloire à toi, Trinité profonde, etc.

LE JEUDI A MATINES.

Nox atra rerum contegit, etc.

De toutes les couleurs que distinguoit la vue
L'obscure nuit n'a fait qu'une couleur :
Juste juge des cœurs, notre ardeur assidue
Demande ici tes yeux et ta faveur.

Qu'ainsi, prompt à guérir nos mortelles blessures,
Ton feu divin dans nos cœurs répandu
Consume pour jamais leurs passions impures,
Pour n'y laisser que l'amour qui t'est dû.

Effrayés des péchés dont le poids les accable,
Tes serviteurs voudroient se relever :
Ils implorent, Seigneur, ta bonté secourable,
Et dans ton sang cherchent à se laver.

Seconde leurs efforts; dissipe l'ombre noire
Qui dès long-temps les tient enveloppés;
Et que l'heureux séjour d'une immortelle gloire
Soit l'objet seul de leurs cœurs détrompés.

Exauce, Père saint, notre ardente prière, etc.

A LAUDES,

Lux ecce surgit aurea, etc.

Les portes du jour sont ouvertes,
Le soleil peint le ciel de rayons éclatans:
Loin de nous cette nuit dont nos âmes couvertes
Dans le chemin du crime ont erré si long-temps.

Imitons la lumière pure
De l'astre étincelant qui commence son cours,
Ennemis du mensonge et de la fraude obscure;
Et que la vérité brille en tous nos discours.

Que ce jour se passe sans crime;
Que nos langues, nos mains, nos yeux, soient innocens;
Que tout soit chaste en nous, et qu'un frein légitime
Aux lois de la raison asservisse les sens.

Du haut de sa sainte demeure
Un Dieu toujours veillant nous regarde marcher;
Il nous voit, nous entend, nous observe à toute heure,
Et la plus sombre nuit ne sauroit nous cacher.

Gloire à toi, Trinité profonde, etc.

LE VENDREDI A MATINES.

Tu, Trinitatis unitas, etc.

Auteur de toute chose, essence en trois unique,
Dieu tout-puissant, qui régis l'univers,
Dans la profonde nuit nous t'offrons ce cantique :
Écoute-nous, et vois nos maux divers.

Tandis que du sommeil le charme nécessaire
Ferme les yeux du reste des humains,
Le cœur tout pénétré d'une douleur amère,
Nous implorons tes secours souverains.

Que tes feux de nos cœurs chassent la nuit fatale;
Qu'à leur éclat soient d'abord dissipés
Ces objets dangereux que la ruse infernale
Dans un vain songe offre à nos sens trompés.

Que notre corps soit pur; qu'une indolence ingrate
Ne tienne point nos cœurs ensevelis;
Que par l'impression du vice qui nous flatte
Tes feux sacrés n'y soient point affoiblis.

Qu'ainsi, divin Sauveur, tes lumières célestes,
Dans tes sentiers affermissant nos pas,
Nous détournent toujours de ces piéges funestes
Que le démon couvre de mille appas.

Exauce, Père saint, notre ardente prière, etc.

A LAUDES.

Æterna cœli gloria, etc.

Astre que l'Olympe révère,
Doux espoir des mortels rachetés par ton sang,
Verbe, Fils éternel du redoutable Père,
Jésus, qu'une humble Vierge a porté dans son flanc,

Affermis l'âme qui chancelle;
Fais que, levant au ciel nos innocentes mains,
Nous chantions dignement et ta gloire immortelle
Et les biens dont ta grâce a comblé les humains.

L'astre avant-coureur de l'aurore
Du soleil qui s'approche annonce le retour;
Sous le pâle horizon l'ombre se décolore:
Lève-toi dans nos cœurs, chaste et bienheureux jour.

Sois notre inséparable guide;
Du siècle ténébreux perce l'obscure nuit;
Défends-nous en tous temps contre l'attrait perfide
De ces plaisirs trompeurs dont la mort est le fruit.

Que la foi dans nos cœurs gravée
D'un rocher immobile ait la stabilité;
Que sur ce fondement l'espérance élevée
Porte pour comble heureux l'ardente charité.

Gloire à toi, Trinité profonde,
Père, Fils, Esprit saint; qu'on t'adore toujours,

Tant que l'astre des temps éclairera le monde,
Et quand les siècles même auront fini leur cours.

LE SAMEDI A MATINES.

Summæ Deus clementiæ, etc.

O toi qui d'un œil de clémence
Vois les égaremens des fragiles humains,
Toi dont l'être, un en trois, et le même en puissance,
A créé ce grand tout, soutenu par tes mains,

Éteins ta foudre dans les larmes
Qu'un juste repentir mêle à nos chants sacrés;
Et que puisse ta grâce, où brillent tes doux charmes,
Te préparer un temple en nos cœurs épurés!

Brûle en nous de tes saintes flammes
Tout ce qui de nos sens excite les transports,
Afin que, toujours prêts, nous puissions dans nos âmes
Du démon de la chair vaincre tous les efforts.

Pour chanter ici tes louanges
Notre zèle, Seigneur, a devancé le jour:
Fais qu'ainsi nous chantions un jour avec tes anges
Les biens qu'à tes élus assure ton amour.

Père des anges et des hommes,
Sacré Verbe, Esprit saint, profonde Trinité,
Sauve-nous ici bas des périls où nous sommes,
Et qu'on loue à jamais ton immense bonté.

A LAUDES.

Aurora jam spargit polum, etc.

L'AURORE brillante et vermeille
Prépare le chemin au soleil qui la suit;
Tout rit aux premiers traits du jour qui se réveille.
Retirez-vous, démons qui volez dans la nuit.

Fuyez, songes, troupe menteuse,
Dangereux ennemis par la nuit enfantés;
Et que fuie avec vous la mémoire honteuse
Des objets qu'à nos sens vous avez présentés.

Chantons l'auteur de la lumière
Jusqu'au jour où son ordre a marqué notre fin;
Et qu'en le bénissant, notre aurore dernière
Se perde en un midi sans soir et sans matin.

Gloire à toi, Trinité profonde,
Père, Fils, Esprit saint; qu'on t'adore toujours,
Tant que l'astre des temps éclairera le monde,
Et quand les siècles même auront fini leur cours.

LE LUNDI A VÊPRES.

Immense cœli conditor, etc.

GRAND DIEU, qui vis les cieux se former sans matière,
A ta voix seulement,

Tu séparas les eaux, leur marquant pour barrière
Le vaste firmament.

Si la voûte céleste a ses plaines liquides,
La terre a ses ruisseaux,
Qui contre les chaleurs portent aux champs arides
Le secours de leurs eaux.

Seigneur, qu'ainsi les eaux de ta grâce féconde
Réparent nos langueurs;
Que nos sens désormais vers les appas du monde
N'entraînent plus nos cœurs.

Fais briller de ta foi les lumières propices
A nos yeux éclairés;
Qu'elle arrache le voile à tous les artifices
Des enfers conjurés.

Règne, ô Père éternel, Fils, sagesse incréée,
Esprit saint, Dieu de paix,
Qui fais changer des temps l'inconstante durée,
Et ne change jamais.

LE MARDI A VÊPRES.

Telluris ingens conditor, etc.

Ta sagesse, grand Dieu, dans tes œuvres tracée,
Débrouilla le chaos,
Et, fixant sur son poids la terre balancée,
La sépara des flots.

Par-là, son sein fécond de fleurs et de feuillages
L'embellit tous les ans,
L'enrichit de doux fruits, couvre de pâturages
Ses vallons et ses champs.

Seigneur, fais de ta grâce à notre âme abattue
Goûter les fruits heureux;
Et que puissent nos pleurs de la chair corrompue
Éteindre en nous les feux!

Que sans cesse nos cœurs, loin du sentier des vices,
Suivent tes volontés;
Qu'innocens à tes yeux ils fondent leurs délices
Sur tes seules bontés!

Règne, ô Père éternel, Fils, sagesse incréée, etc.

LE MERCREDI A VÊPRES.

Cœli Deus sanctissime, etc.

Grand Dieu, qui fais briller sur la voûte étoilée
Ton trône glorieux,
Et d'une blancheur vive à la pourpre mêlée
Peins le cintre des cieux;

Par toi roule à nos yeux sur un char de lumière
Le clair flambeau des jours;
De tant d'astres par toi la lune en sa carrière
Voit le différent cours.

Ainsi sont séparés les jours des nuits prochaines
Par d'immuables lois;
Ainsi tu fais connoître, à des marques certaines,
Les saisons et les mois.

Seigneur, répands sur nous ta lumière céleste;
Guéris nos maux divers;
Que ta main secourable, au démon si funeste,
Brise enfin tous nos fers.

Règne, ô Père éternel, Fils, sagesse incréée, etc.

LE JEUDI A VÊPRES.

Magnæ Deus potentiæ, etc.

Seigneur, tant d'animaux par toi des eaux fécondes
Sont produits à ton choix,
Que leur nombre infini peuple ou les mers profondes,
Ou les airs, ou les bois.

Ceux-là sont humectés des flots que la mer roule,
Ceux-ci de l'eau des cieux,
Et de la même source ainsi sortis en foule,
Occupent divers lieux.

Fais, ô Dieu tout-puissant, fais que tous les fidèles,
A ta grâce soumis,
Ne retombent jamais dans les chaînes cruelles
De leurs fiers ennemis.

Que, par toi soutenus, le joug pesant des vices
Ne les accable pas;
Qu'un orgueil téméraire en d'affreux précipices
N'engage point leurs pas.

Règne, ô Père éternel, Fils, sagesse incréée, etc.

LE VENDREDI A VÊPRES.

Psalmator hominis, Deus, etc.

Créateur des humains, grand Dieu, souverain maître
De ce vaste univers,
Qui du sein de la terre, à ton ordre, vis naître
Tant d'animaux divers;

A ces grands corps sans nombre et différens d'espèce,
Animés à ta voix,
L'homme fut établi par ta haute sagesse
Pour imposer ses lois.

Seigneur, qu'ainsi ta grâce à nos vœux accordée
Règne dans notre cœur;
Que nul excès honteux, que nulle impure idée
N'en chasse la pudeur.

Qu'un saint ravissement éclate en notre zèle;
Guide toujours nos pas;

Fais d'une paix profonde à ton peuple fidèle
Goûter les doux appas.

Règne, ô Père éternel, Fils, sagesse incréée, etc.

LE SAMEDI A VÊPRES.

O lux, beata Trinitas, etc.

Source éternelle de lumière,
Trinité souveraine et très-simple unité,
Le visible soleil va finir sa carrière;
Fais luire dans nos cœurs l'invisible clarté.

Qu'au doux concert de tes louanges
Notre voix et commence et finisse le jour;
Et que notre âme enfin chante avec tes saints anges
Le cantique éternel de ton céleste amour.

Adorons le père suprême,
Principe sans principe, abîme de splendeur;
Le Fils, Verbe du Père, engendré dans lui-même;
L'Esprit, des deux qu'il lie, amour, don, paix, ardeur.

CANTIQUES SPIRITUELS.

CANTIQUE PREMIER.

A LA LOUANGE DE LA CHARITÉ,

Tiré de S. Paul, I aux Corinthiens, ch. 13.

Les méchans m'ont vanté leurs mensonges frivoles;
Mais je n'aime que les paroles
De l'éternelle vérité.
Plein du feu divin qui m'inspire,
Je consacre aujourd'hui ma lyre
A la céleste Charité.

En vain je parlerois le langage des anges;
En vain, mon Dieu, de tes louanges
Je remplirois tout l'univers:
Sans amour, ma gloire n'égale
Que la gloire de la cymbale
Qui d'un vain bruit frappe les airs.

Que sert à mon esprit de percer les abîmes
Des mystères les plus sublimes,
Et de lire dans l'avenir?

Sans amour ma science est vaine,
Comme le songe, dont à peine
Il reste un léger souvenir.

Que me sert que ma foi transporte les montagnes,
Que dans les arides campagnes
Les torrens naissent sous mes pas;
Ou que, ranimant la poussière,
Elle rende aux morts la lumière,
Si l'amour ne l'anime pas?

Oui, mon Dieu, quand mes mains de tout mon héritage
Aux pauvres feroient le partage;
Quand même, pour le nom chrétien
Bravant les croix les plus infâmes,
Je livrerois mon corps aux flammes,
Si je n'aime, je ne suis rien.

Que je vois de vertus qui brillent sur ta trace;
Charité, fille de la Grâce!
Avec toi marche la Douceur,
Que suit avec un air affable
La Patience, inséparable
De la Paix, son aimable sœur.

Tel que l'astre du jour écarte les ténèbres,
De la nuit compagnes funèbres:
Telle tu chasses d'un coup d'œil
L'envie aux humains si fatale,
Et toute la troupe infernale
Des vices, enfans de l'orgueil.

Libre d'ambition, simple et sans artifice,
Autant que tu hais l'injustice,
Autant la vérité te plaît.
Que peut la colère farouche
Sur un cœur que jamais ne touche
Le soin de son propre intérêt ?

Aux foiblesses d'autrui loin d'être inexorable,
Toujours d'un voile favorable
Tu t'efforces de les couvrir :
Quel triomphe manque à ta gloire ?
L'amour sait tout vaincre, tout croire,
Tout espérer, et tout souffrir.

Un jour Dieu cessera d'inspirer des oracles ;
Le don des langues, les miracles,
La science aura son déclin :
L'amour, la charité divine,
Éternelle en son origine,
Ne connoîtra jamais de fin.

Nos clartés ici-bas ne sont qu'énigmes sombres :
Mais Dieu sans voiles et sans ombres
Nous éclairera dans les cieux ;
Et ce soleil inaccessible,
Comme à ses yeux je suis visible,
Se rendra visible à mes yeux.

L'amour sur tous les dons l'emporte avec justice.
De notre céleste édifice
La foi vive est le fondement :

La sainte espérance l'élève,
L'ardente charité l'achève,
Et l'assure éternellement.

Quand pourrai-je t'offrir, ô charité suprême,
Au sein de la lumière même,
Le cantique de mes soupirs;
Et, toujours brûlant pour ta gloire,
Toujours puiser et toujours boire
Dans la source des vrais plaisirs!

CANTIQUE II,

Tiré de la Sagesse, chap. 5.

Sur le bonheur des justes, et sur le malheur des réprouvés.

HEUREUX qui, de la sagesse
Attendant tout son secours,
N'a point mis en la richesse
L'espoir de ses derniers jours!
La mort n'a rien qui l'étonne;
Et, dès que son Dieu l'ordonne,
Son âme, prenant l'essor,
S'élève d'un vol rapide
Vers la demeure où réside
Son véritable trésor.

De quelle douleur profonde
Seront un jour pénétrés

Ces insensés qui du monde,
Seigneur, vivent enivrés,
Quand, par une fin soudaine
Détrompés d'une ombre vaine
Qui passe et ne revient plus,
Leurs yeux, du fond de l'abîme,
Près de ton trône sublime
Verront briller tes élus!

Infortunés que nous sommes,
Où s'égaroient nos esprits!
Voilà, diront-ils, ces hommes
Vils objets de nos mépris;
Leur sainte et pénible vie
Nous parut une folie;
Mais aujourd'hui triomphans,
Le ciel chante leur louange,
Et Dieu lui-même les range
Au nombre de ses enfans.

Pour trouver un bien fragile
Qui nous vient d'être arraché,
Par quel chemin difficile
Hélas! nous avons marché!
Dans une route insensée
Notre âme en vain s'est lassée,
Sans se reposer jamais,
Fermant l'œil à la lumière
Qui nous montroit la carrière
De la bienheureuse paix.

De nos attentats injustes
Quel fruit nous est-il resté?
Où sont les titres augustes
Dont notre orgueil s'est flatté?
Sans amis et sans défense,
Au trône de la vengeance
Appelés en jugement,
Foibles et tristes victimes,
Nous y venons de nos crimes
Accompagnés seulement.

Ainsi, d'une voix plaintive,
Exprimera ses remords
La pénitence tardive
Des inconsolables morts.
Ce qui faisoit leurs délices,
Seigneur, fera leurs supplices;
Et, par une égale loi,
Tes Saints trouveront des charmes
Dans le souvenir des larmes
Qu'ils versent ici pour toi.

CANTIQUE III,

Tiré de St. Paul aux Romains, chap. 7.

Plaintes d'un Chrétien sur les contrariétés qu'il éprouve au dedans de lui-même.

Mon Dieu, quelle guerre cruelle!
Je trouve deux hommes en moi:

L'un veut que, plein d'amour pour toi,
Mon cœur te soit toujours fidèle;
L'autre, à tes volontés rebelle,
Me révolte contre ta loi.

L'un, tout esprit et tout céleste,
Veut qu'au ciel sans cesse attaché,
Et des biens éternels touché,
Je compte pour rien tout le reste;
Et l'autre par son poids funeste
Me tient vers la terre penché.

Hélas! en guerre avec moi-même,
Où pourrai-je trouver le paix?
Je veux, et n'accomplis jamais;
Je veux; mais, ô misère extrême!
Je ne fais pas le bien que j'aime,
Et je fais le mal que je hais.

O grâce, ô rayon salutaire,
Viens me mettre avec moi d'accord;
Et, domptant par un doux effort
Cet homme qui t'est si contraire,
Fais ton esclave volontaire
De cet esclave de la mort.

CANTIQUE IV,

Tiré de divers endroits d'Isaïe et de Jérémie.

Sur les vaines occupations des gens du siècle.

QUEL charme vainqueur du monde
Vers Dieu m'élève aujourd'hui?
Malheureux l'homme qui fonde
Sur les hommes son appui!
Leur gloire fuit et s'efface
En moins de temps que la trace
Du vaisseau qui fend les mers,
Ou de la flèche rapide
Qui, loin de l'œil qui la guide,
Cherche l'oiseau dans les airs.

De la sagesse immortelle
La voix tonne et nous instruit:
Enfans des hommes, dit-elle,
De vos soins quel est le fruit?
Par quelle erreur, âmes vaines,
Du plus pur sang de vos veines
Achetez-vous si souvent,
Non un pain qui vous repaisse,
Mais une ombre qui vous laisse
Plus affamés que devant!

Le pain que je vous propose
Sert aux anges d'aliment ;
Dieu lui-même le compose
De la fleur de son froment ;
C'est ce pain si délectable
Que ne sert point à sa table
Le monde que vous suivez.
Je l'offre à qui veut me suivre ;
Approchez. Voulez-vous vivre ?
Prenez, mangez, et vivez.

O sagesse, ta parole
Fit éclore l'univers,
Posa sur un double pole
La terre au milieu des airs.
Tu dis, et les cieux parurent,
Et tous les astres coururent
Dans leur ordre se placer.
Avant les siècles tu règnes.
Et qui suis-je, que tu daignes
Jusqu'à moi te rabaisser ?

Le Verbe, image du Père,
Laissa son trône éternel,
Et d'une mortelle mère
Voulut naître homme et mortel.
Comme l'orgueil fut le crime
Dont il naissoit la victime,
Il dépouilla sa splendeur,
Et vint, pauvre et misérable,

Apprendre à l'homme coupable
Sa véritable grandeur.

L'âme, heureusement captive,
Sous ton joug trouve la paix,
Et s'abreuve d'une eau vive
Qui ne s'épuise jamais.
Chacun peut boire en cette onde;
Elle invite tout le monde.
Mais nous courons follement
Chercher des sources bourbeuses,
Ou des citernes trompeuses
D'où l'eau fuit à tout moment.

FIN DES CANTIQUES SPIRITUELS.

ODE

DE

L. RACINE.

ODE

DE L. RACINE.

Isaïe, Chapitre xiv.

Comment est disparu ce maître impitoyable?
Et comment du tribut dont nous fûmes chargés
Sommes-nous soulagés?
Le Seigneur a brisé le sceptre redoutable
Dont le poids accabloit les humains languissans,
Ce sceptre qui frappa d'une plaie incurable
Les peuples gémissans.

Nos cris sont apaisés, la terre est en silence;
Le Seigneur a dompté ta barbare insolence,
O fier et rigoureux tyran!
Les cèdres mêmes du Liban
Se réjouissent de ta perte.
Il est mort, disent-il, et l'on ne verra plus
La montagne couverte
Des restes de nos troncs par le fer abattus.

Roi cruel, ton aspect fit trembler les lieux sombres;
Tout l'enfer se troubla, les plus superbes ombres
Coururent pour te voir.
Les rois des nations, descendant de leur trône,
T'allèrent recevoir.

Toi-même, dirent-ils, ô roi de Babylone,
Toi-même, comme nous, te voilà donc percé,
Sur la poussière renversé!
Des vers tu deviens la pâture,
Et ton lit est la fange impure.

Comment es-tu tombé des Cieux,
Astre brillant, fils de l'Aurore?
Puissant roi, prince audacieux:
La terre aujourd'hui te dévore!
Comment es-tu tombé des Cieux,
Astre brillant, fils de l'Aurore?

Dans ton cœur tu disois: A Dieu même pareil,
J'établirai mon trône au-dessus du Soleil,
Et, près de l'Aquilon, sur la montagne sainte,
J'irai m'asseoir sans crainte.
A mes pieds trembleront les mortels éperdus:
Tu le disois, et tu n'es plus!

Les passans qui verront ton cadavre paroître
Diront, en se baissant, pour te mieux reconnoître:
Est-ce là ce mortel, l'effroi de l'univers,
Par qui tant de captifs soupiroient dans les fers;
Ce mortel dont le bras détruisit tant de villes,
Sous qui les champs les plus fertiles
Devenoient d'arides déserts?
Tous les rois de la terre ont de la sépulture
Obtenu le dernier honneur.
Toi seul, privé de ce bonheur,

En tous lieux rejeté, l'horreur de la nature,
Homicide d'un peuple à tes soins confié,
De ce peuple aujourd'hui tu te vois oublié.

Qu'on prépare à la mort ses enfans misérables:
La race des méchans ne subsistera pas.
Courez à ses enfans annoncer le trépas.
Qu'ils périssent! L'auteur de leurs jours déplorables
Les a remplis de son iniquité.
Frappez! faites sortir de leurs veines coupables
Tout le malheureux sang dont ils ont hérité!

FIN.

A
B

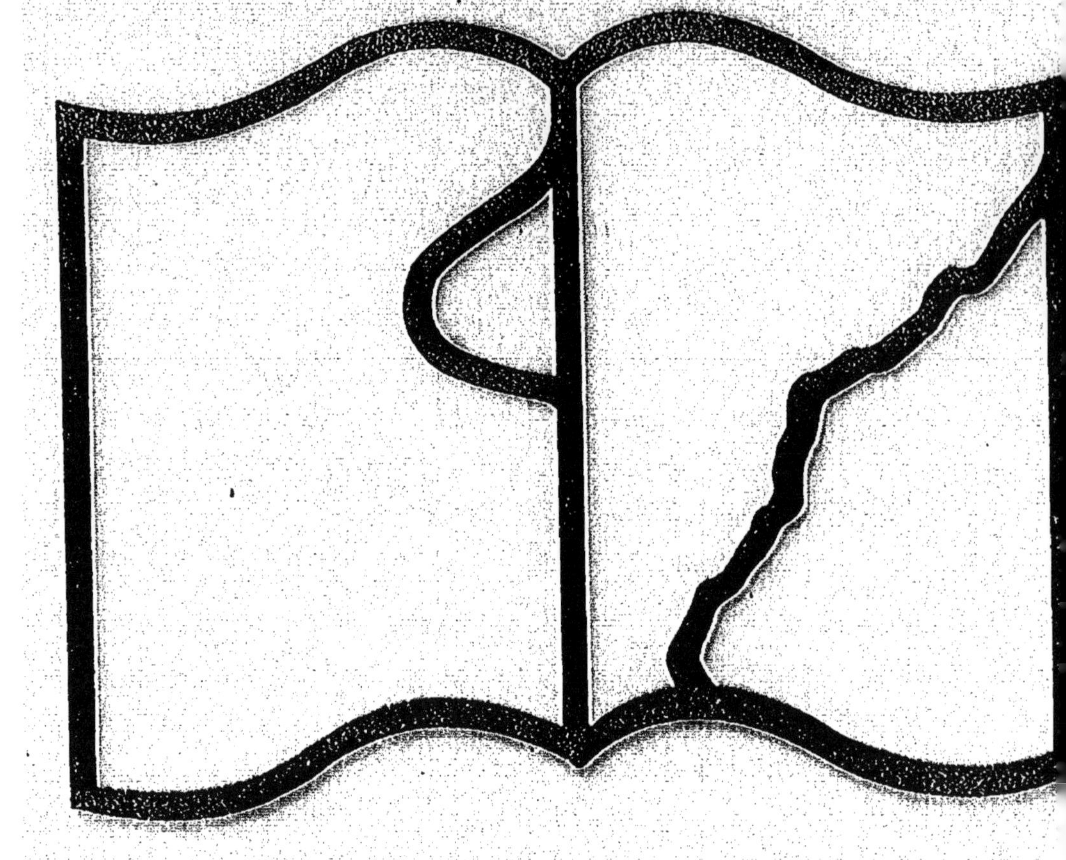

www.ingramcontent.com/pod-product-compliance
Ingram Content Group UK Ltd.
Pitfield, Milton Keynes, MK11 3LW, UK
UKHW020113240726
13926UKWH00011B/1214

9 782014 430431